La playa de Pedro

Sally Grindley
Ilustraciones de
Michael Foreman

EJ

EDITORIAL JUVENTUD

*E*ste era el mundo de Pedro.

A lo largo de toda la costa azotada por el viento y en lo alto de los devastados acantilados, este despiadado extremo del mundo rebosaba de vida.

Cormoranes, gaviotas, araos, eider, haveldas, graznaban, parpaban y se gritaban entre ellos, mientras que abajo, en el mar turbulento, las focas y otros animales se agitaban, jugaban y disfrutaban de las riquezas del mar.

Algunos iban hasta allí para tener a sus crías. Para otros era su hogar.

No prestaban atención a la distante procesión de petroleros. Se sentían seguros en su refugio.

Esta era también la playa
de Pedro. Donde iba a lanzar
piedras sobre las crestas de
las olas. Donde iba a buscar
cangrejos en las charcas
escondidas entre las rocas.
Donde iba a echar pan a
los patos y peces a las focas.

Los eider eran los favoritos de Pedro. Los patos reconocían su llamada y no le temían. Sabían que aquella también era su playa. Él les llevaba su comida y ellos iban a recibirlo, luchando por ser los primeros, a pesar de que Pedro se aseguraba de que ninguno se quedara sin su parte.

Pero llegó un día en que un petrolero pasó demasiado cerca. Peligrosamente cerca para las juguetonas focas; peligrosamente cerca para los patos; demasiado cerca para pasar sin rozar las rocas que se encontraban bajo la peligrosa marea.

Demasiado cerca para el mundo de Pedro.

El estrépito de toneladas de metal rompiendo contra las rocas alertó a los granjeros de las cercanías y sacudió a Pedro de su sueño. Todos corrieron al borde del acantilado y vieron con horror que el casco del petrolero accidentado se estaba partiendo en dos.

Los hombres de a bordo fueron rescatados desde el aire, ya que se temía por sus vidas, y dejaron al petrolero librando su propia batalla.

Surgiendo de lo más profundo de su vientre, una negrura hedionda se extendió en la noche.

Cuando llegó la mañana, la negrura lo invadía todo. Negra era la espuma de las olas, negra la arena antes plateada; una negra viscosidad llenaba todas las grietas de los dentados escollos y rompientes.

Pedro bajó con dificultad el acantilado y llegó a su playa.

Una joven foca, cubierta de petróleo, se agitaba en el mar y sus enormes ojos imploraban ayuda.

Cada nueva ola que se estrellaba contra la orilla, arrojaba nuevos cuerpos y los dejaba sobre la playa de Pedro como montones de desperdicios.

Un arao tiraba furiosamente de sus apelmazadas plumas, envenenándose con cada intento de limpiarse el petróleo que le impedía volar. Un eider se sentó rendido en una roca terriblemente debilitado por su lucha para moverse.

Pedro se le acercó despacio para no asustarlo. Ya debía de estar muy asustado. Pero el pato conocía su voz.

Cuando Pedro lo recogió, el pato sabía que quería ayudarlo. Descansó la cabeza contra su pecho cuando Pedro lo acunó entre sus brazos mientras el viento se llevaba sus silenciosas lágrimas.

Luego, unas manos expertas se llevaron delicadamente al pato de Pedro para limpiarlo y cuidarlo.

Oyó a su padre que le instaba a que tomara parte en el rescate.

Durante muchos días ayudó a limpiar con mangueras y rastrillos la negra capa pegajosa que cubría todas las rocas y llenaba todos los surcos de los lugares que había frecuentado hasta entonces.

El mundo de Pedro luchaba por sobrevivir.

Esta es ahora la playa de Pedro. Algunas veces, cuando su pato se acerca para comer el pan de su mano, Pedro se maravilla de que sobreviviera y sonríe al ver a su familia, que se desliza por el agua y tropieza entre las rocas.

A veces, cuando recoge una piedra para lanzarla por encima de las olas, sus manos quedan pegajosas y negras y le asalta un triste recuerdo.

Y es que, no lejos de la superficie, en pequeños rincones y ranuras, entre las rocas y bajo la arena, hay feas cicatrices negras que nunca se irán.

Pero el mundo de Pedro
sigue siendo el mundo de Pedro.

A lo largo de toda la costa
azotada por el viento y en lo
alto de los devastados
acantilados, este despiadado
extremo del mundo rebosa de
vida.

Para Denise - SG

Título original: PETER'S PLACE
© del texto: 1995, Sally Grindley
© de las ilustraciones: 1995, Michael Foreman
© de la traducción española:
© EDITORIAL JUVENTUD, S. A. 2003
Provença, 101 - 08029 Barcelona
info@editorialjuventud.es
www.editorialjuventud.es

Traducción castellana de Teresa Farran
Primera edición, 2003
Depósito legal: B. 24.085-2003
ISBN 84-261-3314-2
Núm. de edición de E. J.: 10.218
Impreso en España - Printed in Spain
Egedsa, c/ Rois de Corella, 12-16, 08205 Sabadell (Barcelona)